Para mis nietos.
Para Irene Savino e Ignasi Blanch.

G.M.

¿Me ayudas, gatito?

Gisela Messing

Ediciones Ekaré

La gata blanca tiene seis hijos. Todos tienen nombres
en inglés: el rojo se llama *Red;* el azul, *Blue;*
el atigrado, *Tiger;* el verde, *Green;* el amarillo, *Yellow*

y el pequeño, que es negro, se llama *Black*.
Los seis gatitos son buenos; con todo y que,
a veces, no se portan muy bien.

–Red –lo llama mamá gata–,
¿me ayudas a tender la ropa?

–No puedo –le contesta Red–,
estoy de viaje en mi tren.

–Yellow –lo llama mamá gata–,
¿me ayudas a sacar los platos del lavaplatos?

–No puedo –le contesta Yellow–,
estoy ensayando un número para el circo.

–Blue –lo llama mamá gata–,
¿me ayudas a regar las flores?

–No puedo –le contesta Blue–,
estoy practicando mis acrobacias.

–Green –lo llama mamá gata–,
¿me ayudas a recoger los juguetes?

–No puedo –le contesta Green–,
estoy leyendo un libro muy interesante.

−Tiger −lo llama mamá gata−,
¿me ayudas a poner los diarios en el contenedor?

−No puedo −le contesta Tiger−,
me estoy columpiando altísimo.

Black —lo llama mamá gata—,
¿vienes a hacer la compra conmigo?

Black, que está jugando
a hacer construcciones, le contesta:
—Sí, mami, enseguida voy.

Los dos se van a la tienda del pueblo
a comprar comida para toda la familia.

Black ayuda a su mamá a meter
las cosas dentro del carrito.

Cuando llegan a casa, mamá gata,
que está contenta, le pregunta: –¿Quieres que
preparemos un pastel, tú y yo solitos?

Black está encantado. Juntos preparan un delicioso
pastel. Cuando está listo, la mamá llama a los demás gatitos:
–¿Quién quiere ayudarnos a comer el pastel?

–¡Yooooo! –responden todos a la vez.
En un dos por tres los gatitos se comen todo el pastel
que han hecho mamá gata y Black.

Al terminar, los demás hermanos
se encargan de limpiar la mesa, de arreglar la cocina
y de poner los juguetes en su lugar.

Después, todos juntos,

se ponen a ver su película favorita.

ekaré
EDICIONES

Edición a cargo de María Cecilia Silva-Díaz
Dirección de arte y diseño: Irene Savino

© 2012 Gisela Messing
© 2012 Ediciones Ekaré

Av. Luis Roche, Edif. Banco del Libro, Altamira Sur
Caracas 1060, Venezuela

C/ Sant Agustí 6, bajos 08012 Barcelona, España

www.ekare.com

ISBN 978-84-939912-0-3
Depósito Legal B.21125.2012

Impreso en China por South China Printing Co. Ltd.